PÉLAGIENNES,

PAR

LOUIS BASTIDE,

AUTEUR DE TISIPHONE.

Prix : 1 franc 50 cent.

PARIS,

CHEZ L'AUTEUR, RUE DE LA JUSSIENNE, 12.

ET CHEZ LES LIBRAIRES :

LAISNÉ-JUNIOR, r. d'Enghien, 35.　ROUANET, rue Verdelet, 6.
BOUQUIN DE LA SOUCHE, passage　PRÉVOT, r. Bourb.-Villeneuve, 61.
Vendôme.　GRIMPRELLE, r. Poissonnière, 21.

ET CHEZ TOUS LES MARCHANDS DE NOUVEAUTÉS.

1836.

Y+

Y

PÉLAGIENNES.

VERSAILLES, — IMPRIMERIE DE MARLIN.

PÉLAGIENNES,

PAR

LOUIS BASTIDE,

AUTEUR DE TISIPHONE.

Paris,

CHEZ L'AUTEUR, RUE DE LA JUSSIENNE, 12.

LAISNÉ-JUNIOR, ÉDITEUR, 35, RUE D'ENGHIEN.

ROUANET, rue Verdelet, 6.   PRÉVOT, rue Bourbon-Villeneuve, 61.
DE LA SOUCHE, passage Vendôme.   GRIMPRELLE, rue Poissonnière, 21.

ET CHEZ TOUS LES MARCHANDS DE NOUVEAUTÉS.

1836.

AVANT-PROPOS.

Lorsque je publiai la 58ᵉ livraison de *Tisi-phone*, j'annonçai qu'en dépit des lois de sep-tembre, et nonobstant toutes nouvelles persé-cutions du parquet, je n'abandonnerais pas mon œuvre. Ce n'était pas là le compte des hom-mes qui depuis long-temps m'avaient honoré d'une haine acharnée; aussi cette satire fut im-

médiatement saisie, et, par suite, advint ma
condamnation à un an de prison, que je subis
en ce moment. Mon imprimeur fut également
condamné à trois mois d'emprisonnement. Cette
dernière circonstance rendit impossible la con-
tinuation de *Tisiphone*, aucun imprimeur
n'ayant voulu s'exposer à une solidarité dan-
gereuse. Il a donc fallu céder à la *force* et à
l'empire qu'exerce le système de terreur dont
nous ont gratifié les lois de septembre. Je n'ai
pas besoin de dire combien m'a été pénible le
sacrifice que j'ai été obligé de faire à la nécessité.
J'avais surmonté tant d'obstacles que j'espé-
rais encore, après ma condamnation, arriver à
continuer la lutte; mais non, le système d'in-
timidation a porté ses fruits, et il est impossible de se mouvoir sous la main de fer qui
pèse sur la pensée.

Cependant ceux qui ne se font pas une juste

idée des entraves que la presse a à subir, s'en-
quièrent de ce que je fais, et s'étonnent de mon
silence. Il est de mon devoir de leur répondre.

A l'expiration de mon année de prison, je
n'obtiendrai ma liberté qu'en soldant au fisc
1556 francs, montant de mon amende et des
frais. Ce n'est que par mon travail que je peux
arriver à l'acquittement de cette somme. J'ai
donc dû, dans l'impossibilité de continuer mon
œuvre toute de patriotisme, me livrer à des travaux assez fructueux pour pouvoir payer le
fisc : j'ai mis la main à un ouvrage important
qui exigera plusieurs mois de travail. Cependant, pour satisfaire au désir de mes anciens
lecteurs, je publie aujourd'hui mes loisirs
poétiques de prisonnier, sous le nom de *Pélagiennes*. Le domicile que j'habite en ce moment explique suffisamment ce titre. Ces poé-
sies ne sont pas d'une grande importance, mais

du moins j'ai cherché à m'éloigner le moins
possible des motifs qui présidèrent aux chants
de *Tisiphone.* Les gens du Roi, cette fois,
n'auront pas, je l'espère, à incriminer mes
intentions; je me suis attaché à éviter tout
contact nouveau avec ces inquisiteurs de la
pensée. Ils doivent m'en tenir compte, car,
peu habitué à voiler la vérité, j'ai subi bien
des répugnances pour me soumettre à cette
sévère modération.

Mon intention est de donner suite à cette
publication. Les secondes *Pélagiennes* paraî-
tront dans le courant d'octobre.

Sainte-Pélagie, ce 5 août 1836.

Passé et Avenir.

PASSÉ ET AVENIR.

———•◦◦•———

Dans ces temps orageux où tout homme qui pense
Doit porter son tribut dans la grande balance,
Où d'un pouvoir haineux les sbires complaisans
Dans des cachots étroits enchaînent le bon sens ,

Irai-je, moi poète, atteint par la *Justice*,
Affichant des regrets au poteau de la lice,
Du fond de ma prison en secouant mes fers
Racheter par des pleurs tout le fiel de mes vers,
Et, maudissant du sort la sentence sévère
Dire : ce que j'ai fait, j'eus grand tort de le faire ?
Oh ! non, mille fois non ! Fils de la liberté,
J'ai combattu trois ans avec témérité ;
Je n'ai jamais changé ni de ton ni d'allure,
L'eau sainte de l'honneur baptisa mon armure
Du jour où *Némésis*, déposant son carquois,
Fut mendier de l'or dans le palais des Rois :
Depuis, infatigable en des luttes nombreuses,
J'ai chèrement payé mes rimes courageuses :
Mon bonheur, mon repos, mon or, ma liberté,
J'ai tout sacrifié par l'honneur emporté,
Et maintenant j'irais, à mon passé rebelle,
Trembler sous le fardeau d'une crise nouvelle !
Non ! lorsque j'ai sondé dans le dédale humain
J'ai calculé le poids que peut porter ma main ;
J'ai mesuré ma force à ce pénible ouvrage
Et je n'ai pas encore épuisé mon courage.

Il est vrai, morcelé par le fer des méchants

Il m'a fallu brider mes poétiques chants,

Et le glaive des lois, en frappant *Tisiphone*,

Me force à désarmer ma fidèle patronne;

Je cède, il le fallait! la satire en mes mains

Doit suivre désormais de sinueux chemins;

Des temps où nous vivons il faut subir l'empire,

Couvrir le vrai d'un voile et sucrer la satire;

Renfermé dans un cercle étroit et limité,

L'esprit ne peut glaner sa part de liberté!

Il est dur cependant, pour qui sent dans son âme

Sans cesse pétiller la poétiqne flamme

De comprimer l'élan de ce feu généreux.....

Ah! qu'on maudit alors ce joug impérieux

Que l'on nomme des lois et dont la barbarie

Dans *l'intérêt public* menotte le génie!

Plus de chemins ouverts aux sublimes élans,...

Le parquet dévalise et meurtrit le bon sens:

Malheur à qui voudrait, dans sa fougue insensée,

D'un indigne esclavage affranchir la pensée!.....

Qu'on défende un principe, on vous met en prison;

La force fait la loi, les fers donnent raison.

Voilà de notre temps la suprême justice !
Pour goûter le repos il faut flatter le vice ,
Ramper , prostituer son génie et son nom
Et prendre lâchement la honte pour blason !
Ah ! j'aime mieux briser les cordes de ma lyre !
Sous ce joug infamant je ne saurais écrire :
C'est en la méprisant que je cède à la loi ;
J'ai combattu sans peur, j'abdique sans effroi ;
A des jours incertains je remets mes assises,
Qui, durant quinze mois, à des heures précises,
S'ouvrirent aux méfaits de nos grands apostats :
A ma voix désormais ils ne trembleront pas
Tous ces hauts criminels dont ma muse infernale
A raconté la vie, histoire de scandale ;
La loi qui les soutient arrête mon pinceau ;
Je ne marquerai plus la honte sur leur peau.

Mais du moins, en quittant l'arène politique
Je ne dépouille pas ma foi patriotique,

Sacrifiant mes goûts à la nécessité

Je n'ai pas pollué ma part de liberté;

C'est contre tous mes vœux, c'est avec amertume

Que je laisse dormir mon marteau sur l'enclume.

Dans ce logis, meublé de verroux, de barreaux,

Seul avec ma pensée, insensible à mes maux,

Je regrette la part de tourmens et de peines

Qui nourrissait mes jours et chargeait mes semaines.

Ce champ clos dangereux où j'ai tant combattu,

Où j'ai flétri le vice et prêché la vertu,

Je le regrette encor; à moi c'était ma vie,

C'était mon élément, si l'on veut ma folie,

Que ces travaux de fer, que ces rudes combats,

Où, soldant des devoirs qu'on ne dédaignait pas,

Je venais déposer sur l'autel de la France

Les fruits simples mais purs de mon indépendance.

Le calme et le repos ne sont pas faits pour moi:

C'est en rongeant mon frein que je subis la loi

Dont une main de fer m'impose la puissance;

Le danger ne peut rien sur ma persévérance;

Dès long-temps j'ai souffert; je ne redoute pas

De braver du destin les dangereux combats;

Dès long-temps sous l'effort de sa main ennemie
Le sillon du malheur accentua ma vie.

Mais la force a rendu ses arrêts inhumains :
Changeons puisqu'il le faut nòs premiers bulletins ,
Façonnons la pensée à la moisson nouvelle
Où la nécessité maintenant nous appelle.
Des juges éclairés , amis de mon repos ,
M'ont laissé peu de bruit pour troubler mes travaux.
Utilisant les soins de la bonne justice
Je rallume aujourd'hui ma lampe inspiratrice :
A cette heure de nuit où de leurs cris aigus
Les verroux des cachots ne m'importunent plus ,
Sous le soleil moral dont l'éclat m'illumine,
Du démon du travail j'explorerai la mine.

Un champ vaste est ouvert aux poétiques chants ;
Hors des bancs du pouvoir il reste des méchants :

J'irai sondant à fond l'ignoble sanctuaire

Arracher l'infamie à la nuit du mystère.

Des hommes corrompus peignant la nudité

Je ferai sur nos mœurs luire la vérité;

A l'infamant poteau je traînerai le vice,

Au nom de l'équité je rendrai la justice.

Parfois de la satire abandonnant les traits,

De sujets plus riants j'ornerai mes portraits;

Parfois donnant l'essor à ma pensée hardie

J'irai payer ma dette à la philosophie.

Pour expliquer les lois de l'hymne du malheur

J'irai du cœur humain sonder la profondeur;

Abandonnant aussi la langue poétique

J'irai des mœurs encor essayer la critique;

Romancier sévère et caustique moral

Je donnerai la vie au livre social.

C'est ainsi que, suivant une route nouvelle,

Je peux encor monter sur la publique échelle.

Pourtant sans que Thémis dans de nouveaux combats
De ses hauts guet-à-pens importune mes pas,
Parfois je reviendrai dans l'arène brûlante
Où la main du parquet a démoli ma tente ;
Sans invoquer l'appui des infernales sœurs
Je reviendrai chanter l'homme des trois couleurs ;
Par des détours nombreux, par des ruses nouvelles
Je ferai de mes vers jaillir des étincelles ;
Si je ne peux toujours parler en liberté,
J'emploîrai mille mots pour une vérité.
Mais vous, dignes amis qui soutîntes ma muse
Ayez l'œil vigilant pour distinguer la ruse
Et souvenez-vous bien qu'au grand livre des lois
Il est écrit, malheur à qui défend nos droits ;
Malheur à l'homme pur, et malheur au poète
Qui relâche le frein de sa verve indiscrète.
Et vous, hommes puissans, ministres, magistrats,
Je peux combattre encor et je ne vous crains pas ;
Évitant de vos lois la rigide colère
Je vous démontrerai quel est mon savoir-faire,
En vain vous tenterez de sévir contre moi,
Puisqu'il le faut enfin j'éluderai la loi.

A ces mots j'aperçois le parquet qui se dresse
Comme un amant qu'insulte une fière maîtresse :
Martin du Nord pâlit, *Plougoulm* grince des dents,
Partarieu-Lafosse aux gestes complaisants
Déjà contre moi rêve un long réquisitoire...
Pauvres gens! suspendez et colère et grimoire!...
Je pourrais m'expliquer et vos coups impuissans
Tomberaient sans pouvoir sous la loi du bon sens ;
Mais évitons ici de nouvelles querelles ,
La prudence aujourd'hui me couvre de ses aîles;
Mais souvenez-vous bien que j'affronte sans peur
Les sinueux détours d'un code de terreur ;
Si jamais vous veniez, ignobles cannibales,
D'autres débats publics affronter les scandales,
Ah! rappelez-vous bien ce qu'une fois j'ai dit:
Je ne redoute pas votre pouvoir maudit;
Ni vos indignes coups ni votre lâche haine
Ne sauraient me contraindre à plier sous la chaîne;
Sous l'équitable loi que dicte la raison
Je brave vos fureurs, j'affronte la prison;
Vous n'avez pas encor usé tout mon courage;
Et lorsqu'après *huit mois* d'un dur apprentissage

Enfin je respirai l'air de la liberté,
Souvenez-vous qu'alors, de colère irrité,
Je vous dis: La prison redouble l'énergie,
Et j'ai marqué ma place a Sainte-Pélagie!

LA BOURSE

ET

LES LOUPS-CERVIERS.

LA BOURSE

ET

LES LOUPS-CERVIERS.

Satire.

Nos poètes jadis maniant la satire
Contre le ridicule à peine osaient médire;
Leurs traits les plus aigus atteignaient seulement
Le ridicule ouvert et le vice flagrant.

C'était un faux dévot, c'était une coquette
Qui servaient à nourrir la verve du poète;
Jamais son fouet hardi sur la société
N'eût de ses droits ravis vengé l'humanité!...
AUTRES TEMPS! AUTRES MOEURS!... dans le siècle où
    nous sommes
Il faut d'autres moyens pour corriger les hommes!
Moins caché, mais aussi plus hardi qu'autrefois,
Le vice s'est glissé sous l'étendard des lois;
Partout l'œil du critique aperçoit sa puissance,
Il règne sur les mœurs et corrompt leur essence :
L'homme à la soif de l'or sacrifiant ses droits
Ne peut faire le bien dans l'état de son choix,
Et pour mener à fin cette soif importune,
Par des chemins honteux il court à la fortune.
Que lui font les douleurs, les cris des malheureux !
Il les foule du pied pour atteindre à ses vœux :
Quand déjà sous son toit le superflu fourmille,
Des dépouilles du pauvre il gorge sa famille.
Contre de tels délits il faut de rudes mains
Et le fiel doit couler de nos alexandrins.

Déjà du bas commerce explorant les reliques
D'un écriteau vengeur j'ai marqué *nos boutiques* :
Je sais combien de haine assuma sur mon front
Le droit que je m'acquis d'imprimer cet affront ;
Mais que me font à moi les sifflemens du vice,
Quand l'honnête homme est là pour me rendre justice !
J'ai méprisé les cris de nos bons *Boutiquiers*
Et je viens aujourd'hui braver les *Loups-Cerviers :*
Oh ! ceux-là dédaignant les traits de ma satire
D'un insolent mépris honoreront ma lyre,
Ou peut-être feignant un vertueux courroux,
Me feront par Plougoulm donner un rendez-vous.
Que m'importe ! je suis à l'abri de la crainte,
Sur le front des écueils je marche sans contrainte ;
Et puis je vous préviens, financiers heureux,
Que le scandale alors répondrait à mes vœux :
Parmi vous il en est dont je connais l'histoire,
J'aimerais en public à crayonner leur gloire ;
Il est de ces hauts faits tellement importans,
Que pour l'exemple il faut les rendre plus saillans.

A vous donc exploiteurs de la haute finance ,
A vous de recueillir la part de récompense.

Mais je n'ai pas besoin de chercher bien long-temps
Pour traîner au poteau de nombreux délinquans :
Dans le sein de Paris, dans le quartier Vivienne ,
Où sans cesse se meut la foule citoyenne ,
Où le luxe a construit tous ses temples nouveaux,
Où le commerce étend ses plus riches réseaux ,
Regardez ce palais de forme colossale :
Entrez , et vous verrez dans une immense salle
S'agiter à grands flots , les arrogans banquiers ,
Les fiers agens de change et les souples courtiers :
Ah ! regardez-les bien ! voyez sur ces figures
Se dessiner la faim des énormes pâtures ;
On se parle à l'oreille, on tremble au moindre bruit ;
On s'écoute, on se craint , on s'évite, on se suit.....
Ç'est la terreur du crime ou son préliminaire.....
Ce palais, c'est la Bourse ! ignoble sanctuaire
Où la haute finance à l'insolent maintien
Étale effrontément son brelan quotidien.

Oh ! je n'ai pas assez de haine dans mon âme
Pour flétrir les méfaits de cette tourbe infâme
Et ces jeux scandaleux et ces sales marchés
Que passent ces Crésus en groupes détachés !
Voyez donc celui-ci , voyez : sur sa poitrine
Le ruban de l'honneur en large nœud domine :
L'honneur!... mais savez-vous comment fut mérité
Ce signe de la gloire et de la probité ?
Il est riche cet homme : immense est sa fortune ;
Il l'a faite trois fois , de trois il en fit une :
Oui , trois fois en quinze ans par son habileté
Aux plus hauts échelons il est enfin monté.
Voyez autour de lui comme on court , on se presse,
Voyez comme chacun lui parle avec souplesse !
Son crédit est puissant à la Banque, à la cour,
Et chez plus d'un ministre il entre chaque jour ,
Et la faveur publique est pour lui sans limite ,...
Il a la croix d'honneur !... trois fois il fit faillite !
Dans l'ombre ont circulé quelques bruits clandestins :
On dit qu'il est impur, l'or qui luit dans ses mains ,
Que deux cents malheureux soldent par l'indigence
Sa richesse , son luxe et sa faveur immense,

Et, couverts de haillons, s'ils élèvent la voix,
Il leur jette deux sous et leur montre sa croix.
Cet autre ne parvint à sa haute opulence
Qu'en aidant l'étranger à dévorer la France:
Il a fait des emprunts pour maints gouvernemens,
A donné du papier pour des deniers comptans,
Et des pauvres rentiers la bourse complaisante
Hélas! attend en vain et capital et rente.
Plus d'un, désespéré, lassé d'attendre enfin,
A la Morgue a fini le drame de la faim;
Mais de pareils malheurs, lui, n'est pas responsable!
Il n'eut que son courtage, hélas! bien misérable,
Puisqu'avec il ne put faire acquisition
Que d'un petit palais du prix d'un million.

Mais pourquoi de chacun tracer ici le rôle?
Ils ont tous mêmes goûts: l'argent est leur idole;
Pour arriver au but où tendent leurs desseins,
Par des moyens divers ils exercent leurs mains,
Mais c'est toujours le vol ennobli par l'audace,
C'est le crime doré que nous avons en face:

Et je n'ai pas tout dit!... dans cet affreux palais
Je n'ai pas indiqué tous les visages laids.
Entendez-vous l'huissier à la voix sybilline
Qui dans la balustrade au sein de tous domine ?
Du crédit de l'État il dit les mouvemens,
Et le cours de la rente et ses cahotemens.
Voyez à chaque cri quel effrayant supplice
S'empare de tous ceux qui hantent la coulisse !
Tous ces agioteurs aux visages de feu
Ont jeté leur argent sur la table de jeu.
L'intrigue, le hasard, une nouvelle fausse
Vont diriger la rente à la baisse ou la hausse...
Ç'en est fait ! de chacun le sort est décidé :
L'un se frotte les mains, l'autre a le front ridé ;
L'un vient de décupler sa fortune modeste ,
Du bien de ses enfans l'autre a perdu le reste.
C'est ainsi chaque jour que tous ces marchands d'or
Dans ce cloaque impur viennent heurter le sort.
Encor, si le joueur, dans sa coupable rage,
N'allait perdre jamais que son seul héritage !...
Mais non ! sur son crédit injustement vanté
Son coffre fut garni par la crédulité ;

A titre de dépôt l'or de l'économie
Fut remis en ses mains, et dans sa frénésie
Il a tout dévoré; ses malheureux cliens
Ont perdu tout le fruit des travaux de trente ans,
Et lui, pour l'étranger, demain se met en route,
Leur léguant dix pour cent dans une banqueroute.

D'autres sont plus adroits; dans ces jeux scandaleux
La chance ne saurait jamais tourner contre eux:
A prix d'or achetant une haute tutelle,
Ils savent avant tous la dernière nouvelle,
Et des secrets d'État, confidens clandestins,
Ils s'assurent ainsi des triomphes certains.

Voilà la probité des hommes de finance!
Voilà ces cœurs pervers que voile l'opulence !
Ah! vous ne savez pas, débonnaires lecteurs,
Tous les secrets cachés dans ce bazar d'horreurs;
Non, vous ne savez pas dans quels égoûts se traîne
En ses hideux écarts la frénésie humaine,

Ce que l'amour de l'or peut souffler aux mortels,
De lâches actions, de desseins criminels ,
Et combien de bandits que la justice manque
Brillent dans ce palais, Parthénon de la Banque...
Mais détournons les yeux, car là tout est permis;
On peut impunément voler , parens, amis;
Par le droit du commerce, à l'aide de la fraude,
Pousser le désespoir au dernier période.
Plus avides que ceux qui sur un grand chemin
Vous demandent la bourse un poignard à la main,
Ils ne vous laissent rien, les hommes de finance,
Et votre dernier sou tente leur opulence.

O siècle d'égoïsme et de corruption
Qui pare ces forfaits de noble ambition !
Viens vanter les arrêts de la justice humaine:
Viens dire : également elle inflige la peine ;
Rien ne peut échapper à ses soins vigilants :
Elle atteint sans pitié les petits et les grands...
Sans doute je la vois soulevant sa balance ,
Fureter des délits avec persévérance,

Sur le crime isolé faire tomber ses poids

Et satisfaire ainsi la vindicte des lois :

Celui-ci dans le crime entraîné par la haine

A couché sous son fer une victime humaine ;

Celui-là , soit par goût ou poussé par la faim

Dans la bourse du riche osa plonger sa main :

Tous deux ils sentiront sa rigueur protectrice ,

Echafaud ou prison ils auront leur supplice ;

La justice offre alors avec sévérité

Leur peine pour exemple à la société.

Mais que , pour établir promptement sa fortune ,

Brisant des longs moyens la série importune ,

Un financier recoure à des actes honteux ,

Qu'il étale en public ses vols audacieux ,

Et que, comme des jeux de son âme perverse,

Sur le malheur du pauvre il fonde son commerce,

Riche vous le verrez , lézardé de forfaits,

Écraser sous son char les pauvres qu'il a faits ;

Et jamais de Plougoulm la voix accusatrice

N'ira pour le frapper réveiller la justice !

Il ne subira point un arrêt infamant,

Car il est vertueux par le droit de l'argent...

Et cependant, souillé de vices et de crimes,
Tandis que dans les pleurs s'ébattent ses victimes
Il ira sous le toit d'un palais somptueux
Sur le meurtre et le vol dormir insoucieux.

Les voilà ces élus, ces rois de la finance !
Voilà le déshonneur, la lèpre de la France !
Les voilà les soutiens du trône et de la loi !
En eux seuls le pouvoir a confiance et foi :
Pour braver le destin et la fortune adverse
On a livré la France aux chances du commerce.
De l'État on ne peut diriger le timon
Qu'en nous abandonnant aux voleurs de bon ton.
Quoi ! les hommes de sens, amis de la sagesse,
Ne mineront-ils pas le mal qui nous oppresse ?
Aucune voix amie au sein de l'ouragan
N'opposera son souffle à la fureur du vent ?
Mais non ! nul ne voudra remplir ce saint office,
Le règne de l'argent est le règne du vice.

Peut-être un jour viendra, jour où les grands délits
Au jugement public seront enfin soumis,
Où la justice humaine, équitable et sévère,
A tous délits saura dispenser son salaire,
Où par un grand exemple aux formidables coups
Les puissans d'aujourd'hui tomberont à genoux,
Où... Mais silence ! encore existe une justice
Qui des vœux généreux ne se rend pas complice ;
Peut-être qu'aujourd'hui sa perspicacité
Voyant dans mes souhaits son arrêt mérité
Pourrait user sur moi sa puissance sévère,
Et je veux ménager son noble savoir-faire.

Boutade.

BOUTADE.

Où sont ces temps heureux que nous traduit l'histoire,
Où, poètes aimés, les enfans d'Apollon
De lauriers et de fleurs faisaient ample moisson?
Où la lyre d'Orphée, en éveillant la gloire,

Adoucissait encor et les mœurs et les lois ?

Où marchant le premier aux jours de grande fête ,

Aux applaudissemens du peuple , le poète

      Élevait sa sublime voix ?

Sa lyre, aux sons divins et brûlans d'harmonie,

Glissait dans tous les cœurs les plus tendres penchans ;

Jusqu'aux tyrans des bois subjugués par ses chants

Qui tombaient à genoux devant la poésie !!!

Ces temps sont loin de nous ! dans ce siècle félon ,

Aux accords du poète aucun cœur ne frissonne ;

Ses chants sont sans échos... c'est la prison qu'on donne

      Aux fiers disciples d'Apollon.

Du langage des dieux la puissance est éteinte ;

Sur le corps social l'égoïsme à pleins bords

Roule ses flots amers, et nos faibles efforts

Ne peuvent arrêter et l'intrigue et la feinte :

On ne les comprend plus ces chants majestueux
Et ces libres élans qui s'échappent de l'âme,
Les hommes engourdis dans leur torpeur infâme
    Sont sourds à tous cris généreux.

Oh ! qui m'expliquera cette énigme de l'homme ?
Qui me dira comment en cherchant la clarté
Il marche en reculant et dans l'obscurité !
Civilisation ! c'est ainsi que l'on nomme
Le type monstrueux des temps où nous vivons !
Quand les cœurs sont fermés aux chants patriotiques,
Qu'on refuse des pleurs aux misères publiques,
    On dit : nous nous civilisons !

O profanation ! un intérêt sordide
Domine tous les cœurs, et l'homme vertueux
Dans la foule se perd comme un point dans les cieux !
C'est un meuble au rebut dans le palais d'Armide,

Un lépreux qu'on évite, un paria maudit,
L'insensé qui prétend pour réformer le vice
Dérouler la morale au siècle *de Justice*,
    Siècle où l'honneur est *interdit!*.....

Ce n'est pas la vertu, dans les temps où nous sommes,
Qu'il faut prêcher! ce n'est que l'amour d'un vil gain,
Le principe du *moi*, la haine du prochain,
L'égoïsme en un mot qu'il faut prêcher aux hommes.
Malheur! honte et malheur au cœur compatissant
Qui voudrait des vertus bâtir le sanctuaire!...
Sur le sable il verrait crouler la noble pierre
    Qui baserait son monument.

Mais, diront des heureux aux faces rubicondes,
« De quoi vous plaignez-vous? n'usez pas vos momens
» A flétrir l'*intérêt*, vice de tous les temps,
» Parmi nous l'industrie a des sources fécondes;

» Voyez ! autour de nous tout brille, tout est or !... »

— Que me font ces douceurs dont la seule opulence

Escompte à son profit la large jouissance ?...

    Sur un brazier le peuple dort.

Que me font les progrès d'un luxe frénétique

Lorsqu'un voile de deuil couvre la liberté !

Que me font cet éclat et ce lustre emprunté

Qui s'offre à mes regards comme un bazar magique?...

Moi, je perce le voile et vois avec douleur

De ces futilités la funeste puissance

Qui berce dans la honte et dans la dépendance

    Toutes les membranes du cœur.

Mais sur nos maux il faut et gémir et se taire !

Quand tout est trahison, parjure, iniquité,

Que le vice est ancré dans la société,

Il faut fermer les yeux, étouffer sa colère !...

L'insouciance aidant nos fabricans de lois,
C'est en vain qu'on viendrait, sur l'aile du génie,
Caresser les échos d'une douce harmonie
    Pour le cantique de nos droits.

C'est en vain!... mais qui sait? Dans sa course rapide
Le temps des vieux abus peut rompre le pouvoir.
Un éclair lumineux, symbolique miroir,
Peut diriger le fil de sa faux homicide!
Ne désespérons pas!... le vrai ne peut mourir;
Entretenons le germe avec persévérance,
Malgré tous les écueils conservons l'espérance,
    Ouvrons les bras à l'avenir.

L'air de la Liberté.

« Audacieux, modère ton courage !
» Tes libres chants ne sont pas entendus ;
» Tu glisseras entraîné par l'orage
» Du haut des pics dans les airs suspendus,

» Si, méprisant la voix qui te convie

» Tu veux encor prêcher la vérité:

» Ami, crois-moi, l'espérance est folie!

» On n'aime plus l'air de la liberté ! »

Ah ! je m'indigne à cette voix profane

Qui me conseille une lâche torpeur!...

Non, non, jamais!... ma vie est diaphane,

Et j'irais mettre un voile sur mon cœur!

J'irais couvrir le feu qui me dévore

Pour éviter un destin irrité !...

Moi, j'irais fuir !... non, non, car j'aime encore,

J'aime toujours l'air de la liberté.

Si dans vos cœurs ne germent point de haines,

Si pour vos maux vous êtes sans douleurs,

Si vous aimez à plier sous des chaînes,

Sur mon pays, moi, je verse des pleurs;

Moi , je maudis le sort qui nous opprime
Et je frémis dans la servilité ;
Des grands écueils, moi , je franchis la cîme
Pour respirer l'air de la liberté.

Lorsque tout dort au milieu des tempêtes ,
Qu'insoucieux d'un meilleur avenir ,
Les peuples vont en abaissant leurs têtes
Baiser la main qui cherche à les flétrir ,
Moi , plus hardi , dans les cieux je m'égare ,
Et du soleil affrontant la clarté ,
Audacieux , bravant le sort d'Icare
Je vais chercher l'air de la liberté.

Oui , je le sais , sur un chemin d'entraves
Il faut passer pour avoir d'heureux jours :
La main du temps sur un troupeau d'esclaves
Devra peser longuement dans son cours ,

Avant qu'un cri frémissant et sonore,
Des vieux échos trouble la surdité....
Mais attendons!... elle viendra l'aurore
Qui soufflera l'air de la liberté.

Si l'avenir, séduisant météore,
Venait trahir mes souhaits les plus chers,
A mon déclin si je n'ai pas encore
Des malheureux vu dénouer les fers,
Si du soleil la tunique de flamme
N'éclairait pas des jours de vérité,...
Ne dites pas en voyant fuir mon âme :
On n'aime plus l'air de la liberté.

SOUVENIR.

Que de fois en voyant toujours à mon côté
De son pas inégal marcher l'adversité,
Reportant mon esprit vers mes jeunes années,
J'ai regretté ces jours, ces heures fortunées

Où libre de soucis, incrédule au malheur,
Incessamment bercé par un songe trompeur,
Sans nulle ambition, sans haine, sans envie,
J'effeuillais en riant les boutons de la vie !
Pour moi le ciel alors était pur et serein,
Je n'avais pas encor lu dans le livre humain !
Point de déceptions ! point de larmes amères !
Enfant, je me livrais aux plus douces chimères.

Oh ! qui m'eût dit alors qu'entraîné par le vent
Je verrais se troubler l'azur du firmament !
Qu'un jour je trouverais au milieu de ma route
L'aiguillon du malheur et le germe du doute !

Age d'illusion où dans des rêves d'or
L'espérance au teint frais nous berce et nous endort,
Age du vrai bonheur où notre âme sommeille,
Où chaque jour se suit aussi pur que la veille,
Je ne te verrai plus !... je croyais, insensé !
Qu'il durerait toujours ce temps sitôt passé !

Mais non ! je ne dois plus voir ces belles années :
Au soleil du malheur elles tombent fanées.

Et ce monde paré des plus brillantes fleurs ,
Dont j'admirais, enfant, les riantes couleurs ,.....
Quand j'ai voulu plonger dans l'océan des choses ,
J'ai vu la vérité... j'ai vu tomber les roses :
La haine , l'égoïsme et la méchanceté
M'ont montré leur pouvoir dans la société :
Pour voir l'humanité j'ai remué la flamme :
Hélas ! de doute en doute allait d'abord mon âme ;....
Puis,... j'ai vécu ,... j'ai vu !... mes yeux désenchantés
Ne se sont plus ouverts aux splendides clartés ,
Et mon cœur s'est flétri dans mes courses arides,
Mon front s'est ulcéré sous le sillon des rides....
Jeune encor je n'ai plus qu'un fragile avenir;
Un seul charme me reste... il naît du souvenir.

FIN.

TABLE.

———

www.ingramcontent.com/pod-product-compliance
Lightning Source LLC
Chambersburg PA
CBHW061658180626
46818CB00003B/1149